I0730632

CHOIX
DE CANTIQUES

POUR

LES MILITAIRES.

TOULON.

IMPRIMERIE ET LITHOGRAPHIE D'E. AUREL,

RUE DE L'ARSENAL, 13.

1858.

CHOIX

DE CANTIQUES

POUR

LES MILITAIRES.

TOULON.

IMPRIMERIE ET LITHOGRAPHIE D'EUGÈNE AUREL,

RUE DE L'ARSENAL, 13.

1858.

CHOIX

DE CANTIQUES

POUR LES MILITAIRES.

N° 1.

Esprit Saint, descendez en nous ; *bis.*
Embrasez notre cœur de vos feux ,
  De vos feux *bis.*
    Les plus doux.
Sans vous notre vaine prudence
Ne peut , hélas ! que s'égarer,
Ah ! dissipez notre ignorance : *bis.*
    Esprit d'intelligence ,
Venez nous éclairer, *bis.*

Refrain. Esprit Saint, descendez en nous , etc.

Le noir enfer, pour nous faire la guerre ,
Se réunit au monde séducteur :
Tout est pour nous embûches sur la terre ,
  Soyez notre libérateur.

Refrain. Esprit Saint , descendez en nous , etc.

Enseignez-nous la divine sagesse ;
Seule elle peut nous conduire au bonheur ;
Dans ces sentiers qu'heureuse est la jeunesse !
  Qu'heureuse est la vieillesse !

Refrain. Esprit Saint , descendez en nous , etc.

Nᵒ 2.

Travaillez à votre salut ;
Quand on le veut, il est facile ;
Chrétiens, n'ayez point d'autre but ;
Sans lui, tout devient inutile.   *bis.*

    Sans le salut (*bis.*) pensez-y bien,
    Tout ne vous servira de rien.   *bis.*

Oh ! que l'on perd en le perdant !
On perd le céleste héritage ;
Et par un échange effrayant,
On a l'enfer pour son partage.   *bis.*

    Sans le salut (*bis.*), etc.

Que sert de gagner l'univers,
Si l'on vient à perdre son âme,
Et s'il faut au fond des enfers
Brûler dans l'éternelle flamme ?   *bis.*

    Sans le salut (*bis.*), etc.

Rien n'est digne d'empressement,
Si ce n'est la vie éternelle ;
Le reste n'est qu'amusement,
Misère ou pure bagatelle.   *bis.*

    Sans le salut (*bis.*), etc.

C'est pour toute une éternité
Qu'on est heureux ou misérable ;
Que devant cette vérité,
Tout ce qui passe est méprisable !   *bis.*

    Sans le salut (*bis.*), etc.

Grand Dieu ! que tant que nous vivrons,
Cette vérité nous pénètre !
Ah ! faites que nous nous sauvions,
A quelque prix que ce puisse être.   *bis.*

    Sans le salut (*bis.*) pensez-y bien,
    Tout ne vous servira de rien.

N° 3.

Le ciel en est le prix ,
Que ces mots sont sublimes !
Des plus belles maximes
Voilà tout le précis.
Le ciel (ter) en est le prix. *bis.*

Le ciel en est le prix !
Mon âme, prend courage.
Ah! si dans l'esclavage
Ici-bas tu gémis ,
Le ciel (ter) en est le prix. *bis.*

Le ciel en est le prix !
Amusement frivole ,
De grand cœur je t'immole
Au pied du crucifix ;
Le ciel (ter) en est le prix. *bis.*

Le ciel en est le prix !
La loi demande-t-elle ?....
Fût-ce une bagatelle ,
Nimporte , jobéis.
Le ciel (ter) en est le prix. *bis.*

Le ciel en est le prix !
Endurons cette injure ;
L'amour propre en murmure
Mais tout bas je lui dit :
Le ciel (ter) en est le prix. *bis.*

Le ciel en est le prix !
Dans l'éternel empire ,
Qu'il sera doux de dire :
Tous mes maux sont finis ;
Le ciel (ter) en est le prix, *bis.*

N° 4.

1. Nous n'avons à faire
Que notre salut ;
C'est là notre but,
C'est là notre unique affaire.
Nous serons heureux
En cherchant les cieux.

2. Notre âme immortelle
Est faite pour Dieu,
La terre est trop peu,
Ou plutôt n'est rien pour elle.
Nous serons heureux, etc.

3. Perte universelle !
Perdre son Sauveur,
Perdre son bonheur,
Perdre la vie éternelle !
Nous serons heureux, etc.

4. Prends pour toi la terre,
Avare indigent ;
Pour l'or et l'argent
Entreprends procès et guerre.
Nous serons heureux, etc.

5. Recherche, âme immonde
Selon tes désirs ,
Les biens, les plaisirs,
Et les honneurs de ce monde.
Nous serons heureux, etc.

6. Poursuis la fumée
D'un bien passager,
Gagne un monde entier :
Quel gain si l'âme est damnée!
Nous serons heureux, etc.

7. Nous cherchons la grâce,
Le reste n'est rien ;
Ce n'est pas un bien,
Dès lors qu'il trompe et qu'il
[passe ;
Nous serons heureux
En cherchant les cieux.

N° 5.

DIEU.

1. Reviens, pécheur, à ton Dieu qui t'appelle ;
Viens au plus tôt se ranger sous sa loi :
Tu n'as été déjà que trop rebelle ;
Reviens à lui, puisqu'il revient à toi. *(bis)*.

LE PÉCHEUR.

2. Voici, Seigneur, cette brebis errante,
Que vous daignez chercher depuis longtemps ;
Touché, confus d'une si longue attente,
Sans plus tarder, je reviens, je me rends. *(bis)*.

DIEU.

3. Pour t'attirer, ma voix se fait entendre ;
Sans me lasser partout je te poursuis ;
D'un Dieu pour toi, du père le plus tendre
J'ai les bontés, ingrat, et tu me fuis. *(bis)*.

LE PÉCHEUR.

4. Errant, perdu, je cherchais un asile,
Je m'efforçais de vivre sans effroi ;
Hélas ! Seigneur, pouvais-je être tranquille,
Si loin de vous, et vous si loin de moi ! *(bis)*.

DIEU.

5. Attraits frayeurs, remords, secret langage,
Qu'ai-je oublié dans mon amour constant ?
Ai-je pour toi dû faire davantage ?
Ai-je pour toi dû même faire autant ? *(bis)*.

LE PÉCHEUR.

6 Je me repens de ma faute passée ;
Contre le ciel, contre vous j'ai péché,
Mais oubliez ma conduite insensée,
Et ne voyez en moi qu'un cœur touché. *(bis)*.

DIEU.

7. Si je suis bon, faut-il que tu m'offenses?
Ton méchant cœur s'en prévaut chaque jour.
Plus de rigueur vaincrait tes résistances,
Tu m'aimerais, si j'avais moins d'amour. (*bis*).

LE PÉCHEUR.

8. Que je redoute un juge, un Dieu sévère !
J'ai prodigué des biens qui sont sans prix,
Comment oser vous appeler mon père,
Comment oser me dire votre fils. (*bis*).

DIEU.

9 Ta courte vie est un songe qui passe,
Et de ta mort le jour est incertain,
Si j'ai promis de te donner ma grâce,
T'ai-je jamais promis le lendemain ? (*bis*).

LE PÉCHEUR,

10. Votre bonté surpasse ma malice,
Pardonnez-moi ce long égarement.
Je le déteste, il fait tout mon supplice,
Et pour vous seul, j'en pleure amèrement. (*bis*).

N° 6.

Enfants de Dieu, d'un Dieu chère conquête,
Qu'il acheta de son sang précieux,
Qu'avez-vous fait de cette paix parfaite,
De son amour gage délicieux ?

CHŒUR.

Soldats, Dieu nous appelle,
A cette voix fidèle
Jetons-nous tous dans ses bras paternels,
La paix se trouve au pied de ses autels.

Tu l'as perdu ce divin caractère
D'enfant chéri de cet auguste Roi !
Tu l'as souillé ce tendre nom de frère,
De ce Jésus qui s'immola pour toi.
    Soldats, etc.

Reviens enfin à ce Seigneur aimable,
Reviens, pour toi son cœur n'est point lassé,
De t'accorder un pardon ineffable,
Le croirais-tu ? son cœur même est pressé.
    Soldats, etc.

Enfant prodigue, hélas ! de tant de grâces ,
Ton tendre père a pleuré ton trépas ;
Tu reparais... il accourt ! tu l'embrasses...
De tes erreurs il ne se souvient pas.
    Soldats , etc.

N° 7.

1. Que je te plains , pécheur , à ton heure dernière !
Tous les maux à la fois sont rassemblés sur toi,
    Le noir enfer, séjour rempli d'effroi,
      T'attend au bout de ta carrière.

2. Où sont tant de beaux jours que tu donnais au crime ?
Il ne t'en reste, hélas ! qu'en triste souvenir,
    Et sous tes yeux, d'un affreux avenir,
      Tu vois s'ouvrir le noir abîme.

3. Que sert en ce moment l'amas de tes richesses?
Pour toi leur vain secours n'est plus rien aujourd'hui ;
    N'espère point par un si faible appui,
      Dompter les flammes vengeresses.

4. Où sont ces faux plaisirs, cette ombre de délices,
Ce trop fatal écueil de ton coupable cœur ?
    Infortuné ! leur perfide douceur
      Se change en d'éternels supplices.

5. Ce corps aimé, flatté, nourri dans la mollesse,
Va n'être plus bientôt qu'un spectacle d'horreur,
Ton âme, hélas ! en fit, pour son malheur,
L'indigne objet de sa tendresse.

6. Le faste des grandeurs pour toi va disparaître,
Ce n'est qu'une vapeur qui fuit devant tes yeux,
Dieu, tôt ou tard, abat l'audacieux,
Tout tombe aux pieds d'un si grand maître.

7. Tu perdis mille fois ton Dieu, ton bien suprême,
Pour ces objets trompeurs dont tu fus enchanté,
Funeste fruit de ton iniquité,
Tu t'es enfin perdu toi-même.

Nº 8.

Tremblez, habitants de la terre,
Tremblez le Seigneur va venir,
Le ciel dans son courroux fait gronder son tonnerre ;
Heureux qui sait prévoir l'effroyable avenir !
Tremblez, etc.

Je fus comme vous dans le monde
Esclave de mes passions,
J'insultais à mon Dieu, dans mon erreur profonde,
Et l'enfer est le fruit de mes illusions.
Tremblez, etc.

Mon cœur, aveuglé par le crime,
Se jouait dans l'éternité,
Mais, ô fatale erreur ! dans un affreux abîme,
Au moment du trépas, je fus précipité.
Tremblez, etc.

Venez, trop aveugle jeunesse,
Venez vous instruire aux tombeaux,
Vous connaîtrez enfin le prix de la sagesse,
Lorsque vous entendrez le récit de nos maux.
Tremblez, etc.

Venez, criminels de tout âge,
Vieillards, âge mûr, jeunes gens,
Descendez dans ce lieu de fureur et de rage,
Vous entendrez les pleurs, les grincements de dents.
      Tremblez, etc.

Dans cet océan de souffrances,
Comment raconter mes malheurs,
Percé par mille traits des célestes vengeances,
Victimes de l'enfer, en proie à ses horreurs?
      Tremblez, etc.

Le plus grand de tous mes supplices,
C'est d'être éloigné de mon Dieu,
De ne pouvoir aimer la source des délices,
Sa main me repoussant dans cet horrible lieu.
      Tremblez, etc.

Le feu créé dans sa colère
Pénètre l'esprit et le corps,
Ne respirant que feu, l'âme se désespère,
Et les cieux courroucés rendent vains ses efforts.
      Tremblez, etc.

Du sein de ce lieu de ténèbres
S'élève une noire vapeur,
Les abîmes couverts de ces voiles funèbres
Ne sont plus qu'un séjour de supplice et d'horreur.
      Tremblez, etc.

Un enfant transporté de rage
Maudit les auteurs de ses jours,
Leurs leçons, leur exemple, ont causé son naufrage,
A toute sa fureur il donne un libre cours.
      Tremblez, etc.

Bonheur ! paradis de délices!
Beau ciel ! ô cités des élus !
J'étais créé pour vous, et d'éternels supplices
Sont devenus ma part, je suis mort sans vertus.
      Tremblez, etc.

Le souvenir de tant de grâces,
Est de tous le plus déchirant ;
Mondains, ingrats pécheurs, qui marchez sur mes traces,
Vous l'apprendrez un jour dans ce feu dévorant.
    Tremblez, etc,

Si le Ciel à mes vœux propices,
Devait un jour briser mes fers,
Que ne ferais-je pas pour calmer sa justice !
Mais il faudra toujours souffrir dans les enfers,
    Tremblez, etc.

N° 9.

Quelle nouvelle et sainte ardeur
En ce jour transporte mon âme !
Je sens que l'esprit créateur
De son feu tout divin m'enflamme.

REFRAIN.

Vive Jésus !... je crois... je suis chrétien,
Censeurs je vous méprise :
Lancez, lancez vos traits ; je ne crains rien,
Mon bras vainqueur les brise,

Il faut, dans un noble combat,
Pour vous, Seigneur, que je m'engage :
Vous m'avez fait votre soldat,
Vous m'en donnerez le courage. Vive, etc.

Le mépris d'un monde insensé
Pourrait-il m'alarmer encore ?
Loin de m'en trouver offensé,
Je sens aujourd'hui qu'il m'honore. Vive, etc.

Dans sa fureur l'impiété
Veut me ravir le Dieu que j'aime,
Je veux, fort de la vérité,
Lui dire toujours : Anathème ! Vive, etc.

Enfant des généreux martyrs,
Puissé-je égaler leur constance
Et trouver mes plus doux plaisirs
Au sein même de la souffrance. Vive, etc.

A la mort fallut-il s'offrir,
Ou perdre, hélas ! mon innocence,
Grand Dieu ! je consens à mourir.
Ne souffrez pas que je balance. Vive, etc.

N° 10.

Le monde en vain, par ses biens et ses charmes,
Veut m'engager à plier sous la loi,
Mais pour me vaincre il faut bien d'autres armes,
Non, non, je ne crains rien, Jésus est avec moi.

O mon Dieu ! que toujours je vous aime,
De vos feux daignez me consumer,
Au cœur ingrat qui ne sait pas aimer,
Oh ! mille fois, mille fois anathème.

Venez, venez, fiers enfants de la terre,
Déchaînez-vous pour me remplir d'effroi ;
Quand de concert vous me feriez la guerre.
Non, non, je ne crains rien, Jésus est avec moi.
     O mon Dieu ! etc.

Cruel Satan, arme-toi de ta rage,
Que tes démons se liguent avec toi,
Tu ne pourras abattre mon courage,
Non, non, je ne crains rien, Jésus est avec moi.
     O mon Dieu ! etc.

Non, non, jamais la mort la plus cruelle
Ne me fera trahir ce divin Roi,
Jusqu'au trépas je lui serai fidèle,
Non, non, je ne crains rien, Jésus est avec moi.
     O mon Dieu ! etc.

Que les enfers, les airs, la terre et l'onde,
Conspirent tous à me remplir d'effroi,
Quand je verrais sur moi crouler le monde,
Non, non, je ne crains rien, Jésus est avec moi.
    O mon Dieu ! etc.

Divin Jésus, mon unique espérance,
Vous pouvez tout, mon Seigneur et mon Roi ;
Augmentez donc pour vous, ma confiance,
Non, non, je ne crains rien, Jésus est avec moi.
    O mon Dieu, etc

N° 11.

Bravons les enfers,
Brisons tous nos fers,
Sortons de l'esclavage,
Unissons nos voix,
Rendons à la Croix
Un sincère et public hommage

Jurons haine au respect humain,
Brisons cette idole fragile,
Sur les débris que notre main
Elève un trône à l'Evangile. Bravons, etc.

Chrétiens d'une vaine terreur
Serons-nous toujours la victime ?
Qu'il soit banni de notre cœur
Le cruel tyran qui l'opprime. Bravons, etc.

Sous le joug d'un monde censeur,
Nous gémissons dès notre enfance,
Recouvrons, vengeons notre honneur,
C'est là le cri de la vaillance. Bravons, etc.

Partout, flottent les étendards
Qu'arbore, à nos yeux, la licence
Faisons briller à ses regards
La bannière de l'innocence. Bravons, etc,

Tout chrétien doit être un soldat
Rempli d'ardeur, né pour la gloire.
Quand son chef le mène au combat,
Tremblant, il fuirait la victoire ! Bravons, etc.

Tandis que sur le champ d'honneur
La valeur signale les braves,
On me verrait lâche et sans cœur
Traînant les chaînes des esclaves ! Bravons, etc.

Quoi vous rougissez, vils mortels,
Honteux d'être vus dans un temple,
Adorant aux pieds des autels
Le grand Dien que le ciel contemple. Bravons, etc.

D'hommes contre vous impuissants
Vous redoutez les vains murmures ;
Que feriez-vous si des tyrans,
Il fallait subir les tortures ? Bravons, etc.

Ne profanez point ce saint lieu,
Allez, chrétiens pusillanimes,
Qui tremble, trahira son Dieu,
La faiblesse est mère des crimes. Bravons, etc.

Lâches déserteurs de la Foi,
Jésus-Christ commande à la foudre,
Vous osez abjurer sa loi !
Vous n'êtes pas réduits en poudre ! Bravons, etc.

Tremblez, audacieux mortels.
Dieu diffère votre sentence.
Ses arrêts seront éternels,
La justice aura sa vengeance. Bravons. etc.

Seigneur, ton camp sera le mien,
Tant qu'il coulera dans mes veines
Quelques gouttes du sang chrétien,
Monde, tes menaces sont vaines. Bravons, etc.

Divin Roi, jusqu'à mon trépas,
Mon cœur te restera fidèle,
Puisse la croix, guidant mes pas,
Me voir tomber, mourir près d'elle ! Bravons, etc.

Chrétiens, le signal est donné,
Hâtons-nous, courons à la gloire,
L'heure du triomphe a sonné,
Le Ciel nous promet la victoire. Bravons, etc.

Nº 12.

Vive Jésus !
C'est le cri de mon âme,
Vive Jésus, le maître des vertus !
Aimable nom quand ma voix te réclame,
D'un nouveau feu pour toi mon cœur s'enflamme,
Vive Jésus ! Vive Jésus !

Vive Jésus !
C'est le cri qui rallie
Sous ses drapeaux le peuple des élus.
Suivre Jésus, c'est aussi mon envie ;
Suivre Jésus, c'est mon bien, c'est ma vie ;
Vive Jésus ! Vive Jésus !

Vive Jésus !
C'est un cri d'espérance
Pour les pécheurs repentants et confus ;
Sur eux du ciel attirant la clémence,
Ce nom sacré soutient leur pénitence ;
Vive Jésus ! Vive Jésus !

Vive Jésus !
A ce cri de vaillance,
Je verrai fuir les démons éperdus,
Un mot suffit pour dompter leur puissance,
Pour terrasser leur superbe insolence ;
Vive Jésus ! Vive Jésus !

Vive Jésus !
C'est le cri de victoire,
Qui retentit au séjour des élus.
De leurs combats consacrant la mémoire,
Ce nom puissant éternise leur gloire.
Vive Jésus ! Vive Jésus !

Vive Jésus !
Vive sa tendre Mère !
Elle est aussi la mère des élus.
Si nous l'aimons, si nous voulons lui plaire,
Chantons Jésus, notre Dieu, notre frère ;
Vive Jésus ! Vive Jésus !

Vive Jésus !
Qu'en tout lieu la victoire
Mette à ses pieds les méchants confondus ,
O nom sacré, nom cher à la mémoire.
Puissé-je vivre et mourir pour ta gloire !
Vive Jésus ! Vive Jésus !

N° 13.

Du Tout-Puissant la parole féconde,
Pour tout créer n'employa que six jours,
Et le septième en contemplant le monde,
De ses travaux, Dieu suspendit le cours.
L'homme ici-bas, pour rendre à Dieu la gloire,
De ce repos gardera la mémoire.

REFRAIN.

Gardons-le bien le saint jour du Seigneur
Gardons-le bien, soyons à Dieu fidèles,
Et dans les cieux des fêtes éternelles,
Nous goûterons l'ineffable bonheur. (*bis*).

Oui, Dieu le veut, la terre est son domaine,
Il a parlé, nous sommes ses sujets ;
Obéissance à sa loi souveraine,
Peuple chrétien, respectons ses décrets ;
Maître du temps et des jours qu'il nous donne,
Il nous invite au repos, il l'ordonne.
Gardons, etc.

Il faut pour vivre, en de longues journées,
De notre front répandre les sueurs ;

Mais sans repos nos forces épuisées
Succomberont devant tant de labeurs,
La loi de Dieu, paternelle sagesse !
De notre corps soulage la faiblesse.
    Gardons, etc.

Dans les travaux des champs ou de l'usine,
En un vil gain plaçant tout son bonheur,
L'homme oublierait sa fin, son origine,
Il oublierait son âme et sa grandeur,
Dans ce saint jour, à Dieu rendant hommage,
Il comprendra qu'il est le Dieu de l'image,
    Gardons, etc.

Qu'il est heureux au sein de sa famille,
Cet ouvrier qui cesse les travaux,
Autour de lui la douce gaieté brille,
C'est une fête et l'oubli de ses maux.
A ses enfants il montre sa tendresse,
Et dans leur cœur il sème la sagesse.
    Gardons, etc.

L'homme est un roi détrôné sur la terre,
Vous le voyez aux travaux condamné ;
Il se relève au jour de la prière,
Il se sent libre, il n'est plus enchaîné.
Aspire au ciel, regarde ta couronne,
Brave soldat, Dieu te prépare un trône.
    Gardons, etc.

Quand prosterné sur les dalles du temple,
L'homme soumis vient adorer son Dieu,
L'ange du ciel, étonné, le contemple,
« Ah ! c'est un frère exilé dans ce lieu ! »
Un jour bientôt; en la même patrie,
Un même amour nous donnera la vie.
    Gardons, etc.

Nous promettons, Seigneur, obéissance,
Nous reno cons aux travaux défendus,
Nou   érons   vous la récompense,
No s at endons le epos des élus.

Dès ici bas, montrez-vous notre père,
Et loin de nous, écartez la misère.
        Gardons, etc.

N° 14.

Loin du lieu de notre naissance,
Le ciel a dirigé nos pas,
Et sous les drapeaux de la France,
Nous servons, fidèles soldats,
Mais il est une autre bannière
Que nous devons aussi servir,
Pour qui tout chrétien sur la terre
Doit savoir combattre et mourir !

Refrain. O saint patron des militaires,
Nous sommes guerriers comme vous :
Du haut des cieux guidez vos frères ;
Saint Maurice, priez pour nous !

O vous qui sûtes de l'impie
Braver l'impuissante fureur,
Et qui donnâtes votre vie
Pour rester fidèle au Seigneur ;
Nous voulons tous à votre image
Demeurer chrétiens dans les camps :
Inspirez-nous votre courage
Pour vaincre en dépit les méchants !

Refrain. O saint patron, etc.

Jadis à votre voix guerrière
On vit, sans trouble et sans effroi,
Une légion tout entière
Tomber martyre de la foi !
Offrant au glaive leurs poitrines
Ils souriaient à leurs bourreaux,
Et, pleins d'une vertu divine,
Ces lions mouraient en agneaux.

Refrain. O saint patron, etc.

La mort n'est plus le sacrifice
Que Dieu nous demande aujourd'hui !
De vains mots, voilà le supplice
Qu'il nous faut supporter pour lui !
Lui rendre, sans faiblesse d'âme,
L'hommage que nous lui devons,
C'est là de nous ce qu'il réclame,
Et ce que nous lui donnerons !

Refrain. O saint patron, etc.

Que l'amour de la discipline
Et l'amour sacré du Seigneur,
Fassent battre notre poitrine
D'une même et sublime ardeur,
Et puissions-nous toute la vie
Garder unis au fond du cœur
Et le drapeau de la patrie,
Et la croix sainte du Sauveur !

Refrain. O saint patron, etc.

N° 15.

1. Te souviens-tu, brave enfant de la France,
Jeune soldat, gardien de son drapeau,
Te souviens-tu qu'aux jours de ton enfance
Le Dieu d'amour visita ton berceau ?
Te souviens tu qu'un bon prêtre qui t'aime
Te fit chrétien malgré Satan vaincu,
Et que ton front reçu l'eau du baptême
Dis-moi, soldat, dis-moi, t'en souviens-tu ? } *bis.*

2. Te souviens-tu que ta pieuse mère
Te racontait l'histoire du Sauveur ?
Te souviens tu de la pauvre chaumière
Où chaque jour tu priais le Seigneur ?
Te souviens-tu de l'image bénie
Du bon Jésus à ton lit suspendu ?...
Et le portrait de la Vierge MARIE,
Dis-moi, soldat, dis-moi, t'en souviens-tu ?

3. Te souviens-tu de l'église de pierre
Dont le clocher s'élançait dans les cieux ?
Te souviens-tu de l'humble cimetière
Où tes parents dorment silencieux ?
Durant les jours qu'ils ont passés sur terre ,
Contre l'enfer ils ont bien combattu !...
Tu dois comme eux t'en aller en poussière ,
Dis-moi, soldat, dis-moi, t'en souviens-tu ?

4. Te souviens-tu de ce jour plein de charmes,
Où du sauveur adorant l'humble croix,
Le cœur joyeux, les yeux mouillés de larmes,
Tu reçus Dieu pour la première fois?
O jour celeste , ô pure et douce ivresse !
Amour sacré, qu'êtes-vous devenu ?
Dieu se souvient de ta sainte promesse,
Mais toi, soldat, dis-moi, t'en souviens-tu ?

5. Ils te diront, les méchants, les impies,
Qu'on ne peut être et chrétien et soldat.
Jeune guerrier, brave leurs railleries,
Et livre-leur un généreux combat.
Tous les héros que la France révère
Furent aussi des héros de vertu :
La France et Dieu ! c'était leur cri de guerre ;
Dis-moi, soldat, dis-moi, t'en souviens-tu ?

6. Te souviens-tu que le grand capitaine,
Napoléon, l'immortel empereur ,
Mourant captif au roc de Sainte-Hélène ,
Rendit hommage à la foi du Seigneur ?
Il inclina sa tête triomphante
Devant un prêtre ; et du ciel descendu,
Dieu reposa sur sa lèvre mourante !...
Dis-moi, soldat, dis-moi, t'en souviens-tu ?

7. Jeune soldat , reste toujours fidèle
A l'étendard, à la croix de Jésus !
Afin qu'au jour de la vie éternelle
Tu sois admis au banquet des élus !

Qu'il sera beau, ce jour où Dieu lui-même
T'accorderas le bonheur qui t'est dû,
En te disant dans sa bonté suprême :
« Je l'ai promis, soldat, t'en souviens-tu ? »

N° 16.

Te souviens-tu du beau jour de ta vie,
Où tu reçus pour la première fois
Ce pain du ciel, que l'ange nous envie,
Ce même Dieu mort pour nous sur la croix ?
Ton front brillait des grâces du jeune âge ;
De beaux habits l'on t'avait revêtu.
C'était alors grande fête au village :
Dis-moi, soldat, dis-moi, t'en souviens-tu ?   *bis.*

Te souviens-tu de la paix enivrante
Que tu goûtais en ce jour fortuné ?
Quels plaisirs purs dans ton âme innocente !
En se donnant, Dieu t'avait tout donné.
Tu possédais le bonheur véritable :
Le ciel était dans ton cœur descendu.
Que du Seigneur le joug était aimable !
Dis-moi, soldat, dis-moi, t'en souviens-tu ?   *bis.*

Te souviens-tu de cette tendre mère,
Qui, l'œil sur toi, partageait ton bonheur ?
Des pleurs bien doux inondaient sa paupière,
Lorsque Jésus descendait dans ton cœur.
Elle priait : « O mon Dieu, disait-elle,
« Qu'il soit toujours fidèle à la vertu !
« O bonne Vierge, étends sur lui ton aile. »
Dis-moi, soldat, dis-moi, t'en souviens-tu ?   *bis.*

Te souviens-tu de la sainte promesse,
Par toi jurée à la face du ciel,
D'être à Jésus, de combattre sans cesse
Sous les drapeaux de ce chef immortel ?

Sublime élan de la reconnaissance ,
Serment sacré dont l'enfer fut ému ,
Vous promettiez plus de persévérance !... } *bis.*
Dis-moi, soldat, dis-moi, t'en souviens-tu ?

Te souviens-tu de l'antique chapelle
Où va prier le pauvre chaque jour ?
Te souviens-tu qu'à la Vierge fidèle
Tu vins jurer un éternel amour ?
Tu lui disais : « O Mère , sois mon guide ;
« Contre les traits d'un monde corrompu ,
« Viens m'abriter sous ta puissante égide » } *bis.*
Dis-moi , soldat , dis-moi , t'en souviens-tu ?

Te souviens-tu de cet ami d'enfance ,
Au saint banquet assis auprès de toi ?
Mais lui du moins a gardé l'innocence :
Non , non , jamais il n'a trahi sa foi.
Il plaint ton sort : ah ! que de fois il prie
Pour un ami depuis longtemps perdu !
Par son exemple à toute heure il te crie : } *bis.*
Dis-moi , soldat , dis—moi , t'en souviens-tu ?

— Je m'en souviens ?... je sens couler mes larmes :
J'ai violé mes saints engagements.
Monde trompeur, tu me vantais tes charmes !
Tes vains plaisirs n'engendrent que tourments.
Ah ! je reviens sous la sainte bannière
Où l'âme goûte une si douce paix.
Jésus , mon roi, Marie , ô tendre mère , } *bis.*
Je suis à vous , cette fois , pour jamais.

N° 17.

J'ai dû quitter ma paisible chaumière ;
A mes parents j'ai dit un long adieu :
Sur le soldat séparé de sa mère ,
Veillez toujours. Vierge , Mère de Dieu.

Chœur : Vierge Marie , — Priez pour nous ,
   Mère chérie , — Votre amour est si doux !

Vous le savez , dès ma plus tendre enfance
On m'apprenait à bénir votre nom :
Ce souvenir, tout rempli d'espérance ,
M'est un garant d'amour et de pardon. — Vierge Marie.

L'impiété , conduite par le vice ,
M'attaquera sans doute à mon chemin ;
Mais votre amour, aimable protectrice ,
Me défendra contre son noir venin. — Vierge Marie.

Je suis soldat , je suis français , ma Mère ;
Jamais l'effroi n'a fait battre mon cœur :
Mais s'il s'agit , Vierge , de vous déplaire ,
Priez pour moi , bonne Mère , j'ai peur. — Vierge Marie.

M***.

N° 18.

Doux souvenir de mon village,
De quel trait tu perces mon cœur !
Là, vertueux, dès mon jeune âge,
Je goûtais la paix, le bonheur.
Ah ! pourquoi Dieu de mon enfance,
Ai-je oublié ta sainte loi ?
Des camps, j'ai suivi la licence,   *bis.*
Et la paix a fui loin de moi !

Tu me le dis, mère pieuse,
Quand je partais pour les combats,
« Dieu rendra ta jeunesse heureuse,
« Mon fils, ah ! ne l'offense pas.
« La coupe du vice est riante :
« Un miel perfide est sur ses bords ;
« Mais sous la douceur apparente
Est l'amertume du remords. »

Et moi, je te fis la promesse,
O mère, en ce dernier adieu
Si déchirant pour ta tendresse,
D'être toujours fidèle à Dieu.

Ma promesse alors fut sincère ;
De faux amis m'ont entraîné :
Ce Dieu mon sauveur et mon Père,
Je l'ai bientôt abandonné !

Des jours que j'ai donnés au crime
Quel fruit me reste en ce moment ?
Sous mes pieds, l'éternel abîme,
Dans mon cœur un affreux tourment !
J'ai perdu Dieu, mon bien suprême,
Son amitié, mes droits aux cieux,
Et ce calme heureux qu'en lui-même
Ressent le soldat vertueux.

Ah ! ne me vante plus tes charmes,
Fuis loin, trompeuse volupté !
J'expie aujourd'hui dans les larmes
Un court plaisir que j'ai goûté,
Pardon, Jésus, aimable maître,
Vois les pleurs de mon repentir :
A toi désormais je veux être,
Et veux sans crainte te servir.

N° 19.

REFR. Armons-nous ! la voix du Seigneur,
Soldats, au combat nous appelle ;
Ah ! voyez, voyez, qu'elle est belle,
La palme promise au vainqueur ! *bis*,
Elle est si noble, elle est si belle, ⎫
La palme promise au vainqueur ! ⎭ *bis*.

Les jours de l'homme sur la terre
Sont un long et rude combat,
Malheur au timide soldat
Qui fuit : c'est en vain qu'il espère. Armons-nous.

Des sens la voix enchanteresse
Veut égarer notre raison ;
Leurs délices sont un poison,
Et la mort suit de près l'ivresse. Armons-nous.

En vain le monde nous convie
A ses plaisirs à ses honneurs ;
Sacrifions ces biens trompeurs
Aux biens de l'éternelle vie. Armons-nous.

Du démon la voix menaçante
Rugit sans cesse autour de nous,
L'homme de foi brave ses coups,
Et rit de sa rage impuissante. Armons-nous.

Que craignez-vous, Jésus vous guide,
Rangez-vous sous son étendard ;
Que l'ennemi lance son dard,
La croix vous servira d'égide. Armons-nous.

Du courage, enfants de Marie,
Soyez fermes jusqu'à la mort,
Courage vous touchez au port ;
A vous l'éternelle patrie. Armons-nous.

N° 20.

Unis aux concerts des anges,
Aimable Reine des cieux,
Nous célebrons tes louanges
Par nos chants mélodieux.
De Marie
Qu'on publie,
Et la gloire et les grandeurs,
Qu'on l'honore.
Qu'on l'implore,
Qu'elle règne sur nos cœurs.

Auprès d'elle la nature
Est sans grâce et sans beauté ;
Les cieux perdent leur parure,
L'astre du jour sa clarté.   De Marie

C'est le lis de la vallée,
Dont le parfum précieux
Sur la terre désolée
Attira le Roi des cieux.   De Marie

C'est l'auguste sanctuaire
Que le Dieu de majesté
Inonda de sa lumière,
Embellit de sa beauté   De Marie

C'est la Vierge incomparable,
Gloire et salut d'Israël,
Qui, pour l'univers coupable,
Fléchit le courroux du ciel.   De Marie

C'est tout dire, c'est Marie :
Dans ce nom que de douceur !
Nom d'une mère chérie,
Nom, doux espoir du pécheur. De Marie

Ah ! vous seuls pouvez nous dire,
Mortels qui l'avez goûté,
Combien doux est son empire,
Combien grande est sa bonté. De Marie

Qui jamais de la détresse
Lui fit entendre le cri,
Et n'obtint de sa tendresse
Sous son aile un sûr abri ?   De Marie

Vous qui d'un monde perfide
Craignez les puissants appas,
Si Marie est votre égide,
Non, vous ne périrez pas.   De Marie

En vain l'enfer en furie
Frémirait autour de vous ;
Si vous invoquez Marie,
Vous braverez son courroux.   De Marie

Oui, je veux, ô tendre Mère,
Jusqu'à mon dernier soupir,
T'aimer, te servir, te plaire,
Et pour toi vivre et mourir.   De Marie

N° 21.

Mère de Dieu, quelle magnificence
Orne aujourd'hui cet auguste séjour !
C'est en ces lieux que la reconnaissance
Vient à tes pieds m'enchaîner sans retour.

Refrain. Tendre Marie,
O mon bonheur !
Toujours chérie,
Tu vivras dans mon cœur,

Mon œil à peine avait vu la lumière,
Déjà ton cœur veillait sur mon berceau ;
Tous mes instants, ô ma divine Mère,
Furent marqués par un bienfait nouveau.
Tendre Marie, etc.

Quand je cédais aux amorces du vice,
Fatal moment, accablant souvenir,
Tu suspendis l'arrêt de la justice,
Et tu m'obtins les pleurs du repentir.
Tendre Marie, etc,

J'étais déjà sur le bord de l'abîme,
Et de ton Fils irritant le courroux,
Je méritais d'en être la victime ;
Mais de son bras tu détournas les coups.
Tendre Marie, etc,

Anges, soyez témoins de ma promesse !
Cieux, écoutez ce serment solennel :
Oui, c'en est fait, mon cœur plein de tendresse
Jure à Marie un amour éternel.
Tendre Marie, etc.

Si je pouvais, infidèle et volage,
Un seul instant cesser de t'honorer,
Ah ! bien plutôt, à la fleur de mon âge,
Aujourd'hui même, à tes pieds expirer !
Tendre Marie, etc.

N° 22.

Cœur sacré de Marie,
Cœur tout brulant d'amour,
Cœur que la terre envie
Au céleste séjour ;
Communique à nos âmes
Un rayon de ce feu,
De ces heureuses flammes
Dont tu brûlas pour Dieu,
Sanctuaire ineffable
Où reposa Jésus
O source intarissable
De toutes les vertus !
Percé sur le Calvaire,
D'un glaive de douleurs,
A ton amour la terre
N'oppose que froideurs.

Montre-toi notre Mère,
De tes enfants chéris
Reçois l'humble prière,
Pour l'offrir à ton Fils.
Conduis-nous sous ton aile
Jusqu'au Cœur de Jésus,
Une mère peut-elle
Essuyer un refus !

Cœur tendre, Cœur aimable,
Du pécheur le secours,
Sa malice exécrable
Te perce tous les jours.
Ah ! puissent nos hommages
Ici-bas expier
Tant de sanglants outrages
Qu'on te fait essuyer !

Nº 23

Chrétiens , qui combattons aujourd'hui sur la terre ,
Souvenons-nous toujours au milieu du danger ,
Souvenons-nous qu'au ciel nous avons une mère
Dont le bras tout-puissant saura protéger.

Notre-Dame de la victoire
De l'enfer triomphe en ce jour ;
     Encore un chant de gloire,
     Encore un chant d'amour ,

Plaçons en elle seule une ferme espérance ;
Que nos cœurs dévoués l'aiment jusqu'au trépas ,
Et que de notre sein son nom béni s'élance
Pour nous rallier tous au plus fort des combats
     Notre-Dame , etc.

C'est la tour de David, inexpugnable asile
Qui du démon jaloux brave tous les assauts ;
C'est l'arche défiant , dans sa marche tranquille ,
Et la fureur des vents et la rage des flots.
     Notre-Dame, etc.

Dans le temps où l'erreur dominait sur le monde ,
Quand l'Eglise luttait contre tous les tyrans.
Vous priiez , ô Marie , et la grâce féconde
Enfantait chaque jour de nouveaux combattants.
     Notre-Dame , etc.

Plus tard , si l'hérésie arbore sa bannière ,
Si l'antique serpent soudain s'est redressé ,

Vierge vous paraissez... Satan dans la poussière
Sous votre pied vainqueur se débat,écrasé.
    Notre-Dame , etc.

O Vierge immaculée et mille fois bénie ,
Ajoutez à vos dons un don plus précieux :
Faites qu'après le cours d'une pieuse vie
Et pasteur et troupeau soient reçus dans les cieux.
    Notre-Dame , etc.

Et si le monde encor contre nous se déchaîne ;
S'il brave le Très-Haut , s'il outrage ses lois ,
Marie, apprenez-nous à mépriser la haine
De tous ces ennemis qui blasphèment la croix.
    Notre-Dame , etc.

Donnez à vos enfants la force et le courage ,
Un courage à l'épreuve et de fer et de feu ,
Prêt à sacrifier, si la lutte s'engage,
Nos âmes et nos corps en holocauste à Dieu.
    Notre-Dame , etc.

N° 24.

Je mets ma confiance ,
Vierge , en votre secours ;
Servez-moi de défense ,
Prenez soin de mes jours.
Et quand ma dernière heure
Viendra fixer mon sort,
Obtenez que je meure
De la plus sainte mort.

A votre bienveillance,
O Vierge, j'ai recours,
Soyez mon assistance
En tous lieux et toujours ;
Vous même êtes ma Mère,
Jésus est votre Fils ;
Portez-lui la prière
De vos enfants chéris.

Sainte Vierge Marie ,
Asile des pécheurs,
Prenez part, je vous prie,
A mes justes frayeurs.
Vous êtes mon refuge,
Votre fils est mon Roi,
Mais il sera mon juge,
Intercédez pour moi.

Ah ! soyez-moi propice,
Quand il faudra mourir,
Apaisez sa justice,
Je crains de la subir.
Mère pleine de zèle,
Protégez votre enfant ;
Je vous serai fidèle
Jusqu'au dernier moment.

N° 25.

Refrain. Bénissons à jamais
   Le Seigneur dans ses bienfaits. } *bis.*

Bénissez-le, saints Anges,
Louez sa majesté ;
Rendez à sa bonté
Mille et mille louanges.
   Bénissons.
Fut-il jamais un père
Qui de ses chers enfants,
Par des soins plus touchants,
Soulageât la misère?
   Bénissons.
Pasteur tendre et fidèle,
Sans craindre le travail,
Il ramène au bercail
Une brebis rebelle.
   Bénissons.
Il console mon âme,
La nourrit de son pain ;
A ce banquet divin

Il veut qu'elle s'enflamme.
   Bénissons.
Sa bonté me supporte ,
Sa lumière m'instruit ,
Sa beauté me ravit ,
Son amour me transporte.
   Bénissons.
Oui, sa douceur m'entraîne
Sa grâce me guérit ,
Sa force m'affermit ,
Sa charité m'enchaîne.
   Bénissons.
Dieu seul est ma richesse,
Dieu seul est tout mon bien ,
Dieu seul est mon soutien ,
Je redirai sans cesse :
   Bénissons.

N° 26.

Crois un Dieu créateur du ciel et de la terre,
Qui conserve et gouverne en maître l'univers ;
Infini, juste, et bon, de l'homme il est le Père,
Réserve aux bons le ciel, aux méchants les enfers.

REFRAIN. Oui, Seigneurs nous croyons ces vérités divines.
Mais daignez augmenter cette foi dans nos cœurs.
Nul ne sera sauvé, s'il ne tient ces doctrines,
Et ne s'efforce en tout d'y conformer ses mœurs.

Crois de la Trinité le mystère suprême :
Trois personnes en Dieu : Père, fils, Saint-Esprit,
Ils sont tous trois égaux, leur nature est la même.
L'Eglise, notre Mère, ainsi de Dieu l'apprit— Oui.

Pour laver dans son sang la tache originelle,
Crois que le fils de Dieu pour nous s'est incarné.
Sans Jésus, l'homme était, à la mort éternelle,
Pour le péché d'Adam, justement condamné.— Oui.

Conçu du Saint-Esprit, né d'une Vierge-Mère,
Humble, pauvre et soumis, parmi nous il vécut;
Guérit nos maux, prêcha l'évangile à la terre,
Et pour nous racheter, sur la croix il mourut.— Oui.

Mais bientôt, sur la mort remportant la victoire,
A la droite du Père il monta dans le ciel.
Un jour, nous le verrons descendre, plein de gloire,
Pour prononcer à tous notre arrêt éternel.— Oui.

Le Père t'a créé par sa toute-puissance ;
Le fils, pour te sauver, a versé tout son sang ;
L'Esprit-Saint, de ses dons accordant l'abondance,
Rend ton cœur juste et saint, de Dieu te fait l'enfant.—Oui.

Adresse au ciel une humble et constante prière.
Sans la grâce, à tout bien nous sommes impuissants.
De Jésus, par Marie, obtiens force et lumière,
Et surtout avec foi, recours aux sacrements.—Oui.

Dieu du plus grand pécheur reçoit la pénitence ;
Reviens humble et contrit; sois franc dans tes aveux;
Sois ferme en ton propos; sauve ton innocence
De toute occasion, de tout mal dangereux.—Oui.

Pour haïr ton péché, songe aux maux qu'il amène.
Monte au ciel en esprit; vois quel trône tu perds !
Descends, et des damnés vois l'éternelle peine !
Viens au Calvaire, et là, verse des pleurs amers !—Oui.

Dans la communion, Dieu t'offre en nourriture
Son corps, son sang, son âme et sa divinité.
S'il change ici pour toi les lois de la nature,
Il veut que ce banquet soit par toi fréquenté.—Oui.

Crois encore qu'ici-bas il a fondé l'Eglise ;
De son esprit divin il l'assiste toujours.
Comme à son chef suprême, au Pape il l'a soumise,
Avec elle il sera jusqu'à la fin des jours.—Oui.

Souviens-toi que pour lui Dieu t'a mis sur la terre.
Le temps fuit ; la mort vient ; et puis, l'éternité !!..
Ou le ciel, ou l'enfer, au bout de ta carrière...
Connais, aime et sers Dieu ; le reste est vanité !— Oui.

N° 27

Le soleil vient de finir sa carrière ,
Comme un instant ce jour s'est écoulé.
Jour après jour , ainsi la vie entière
S'écoule et passe avec rapidité.

A chaque instant l'éternité s'avance ;
Que faisons-nous pour nous y préparer ?
De nos péchés faisons-nous pénitence ?
Et savons-nous du moins les abjurer ? Le soleil , etc.

Si cette nuit le souverain arbitre
Nous appelait devant son tribunal ,
A sa clémence avons-nous quelque titre ?
Que lui répondre en cet instant fatal ? Le soleil , etc.

Le cœur touché d'un repentir sincère ,
Pleurons , pleurons les fautes de ce jour :
D'un Dieu vengeur désarmons la colère :
Un cœur contrit regagne son amour , Le soleil , etc.

PRIÈRE A LA SAINTE VIERGE.

Souvenez-vous, ô très pieuse Vierge Marie , qu'on n'a jamais ouï dire qu'aucun de ceux qui ont eu recours à votre protection, imploré vôtre secours et demandé vos souffrages, ait été abandonné. Animé d'une pareille confiance , ô Vierge des vierges, j'ai recours à vous, et gémissant sous le poids de mes péchés , je me prosterne à vos pieds. O Mère du Verbe , ne méprisez pas mes prières , mais écoutez-les favorablement, et daignez les exaucer.

FIN.

Toulon. — Imp. d'E AUREL, rue de l'Arsenal, 13.